GUÍA DE LECTURA

Escrita por Dominique Coutant-Defer
Traducida por Laura Soler Pinson

El amor dura tres años

de Frédéric Beigbeder

FRÉDÉRIC BEIGBEDER

ESCRITOR FRANCÉS

- **Nacido en 1965 en Neuilly-sur-Seine (Francia)**
- **Algunas de sus obras:**
  - *Mémoires d'un jeune homme dérangé* (1990), novela
  - *El amor dura tres años* (2000), novela
  - *Una novela francesa* (2009), novela

Frédéric Beigbeder, publicista, crítico literario, autor y cronista televisivo, nace en 1965 en Neuilly-sur-Seine. En 1994, crea el Premio de Flore, que recompensa todos los años a un joven autor francés con un talento prometedor. El escritor firma su mayor éxito en el año 2000, con la publicación de su novela *13,99 euros*, que se adaptará posteriormente al cine.

El autor, un dandi controvertido, es un personaje extravagante que se mueve siempre en los límites de la provocación, tras el que se esconde un hombre sensible, dotado de talento. El escritor recibe el Premio Interallié por *Windows on the world* (2003) y el Premio Renaudot por *Una novela francesa* (2009).

EL AMOR DURA TRES AÑOS

UNA NOVELA ACERCA DEL AMOR...

- **Género:** novela
- **Edición de referencia:** Beigbeder, Frédéric. 2003. *El amor dura tres años*. Traducido por Sergi Pàmies. Barcelona: Anagrama. E-book en PDF
- **Primera edición:** 1997
- **Temáticas:** amor, matrimonio, pasión, aburrimiento, divorcio, traición

Publicada en 1997, *El amor dura tres años* es una novela ampliamente autobiográfica que cierra la trilogía de Marc Marronnier que empieza con *Mémoires d'un jeune homme dérangé* (1990) y, más tarde, con *Vacances dans le coma* (1994). El narrador, un joven noctámbulo parisino, cuenta en estos libros su matrimonio, su divorcio y su nueva historia de amor. Está convencido del carácter efímero del amor, pero no por ello deja de buscarlo, y presenta sus reflexiones particularmente desencantadas e irónicas acerca de tema.

RESUMEN

La novela no presenta una narración cronológica, sino que, por el contrario, juega con *flashbacks* que imprimen dinamismo a la evolución del relato. Para que resulte más fácil, hemos decidido subdividir el resumen en dos partes: la primera narrará la historia de amor del protagonista con Anne, mientras que la segunda contará el relato de su aventura con Alice.

LA HISTORIA DE AMOR CON ANNE

El autor advierte al lector de que, de manera excepcional, ha decidido ser el personaje principal de su novela, y que se hará llamar Marc Marronnier. Normalmente, sus obras son ligeras y se desarrollan en los lugares de moda de la capital. Pero hoy, decide abrirse un poco: «Nunca he puesto los pies en Sarajevo. [...] Lo más doloroso que me ha ocurrido en los últimos tiempos fue no ser invitado al desfile de John Galliano» (Beigbeder 2003, parte I, cap. 3).

Marc Marronnier se presenta: ha nacido en una buena familia, ha realizado sus estudios en un importante instituto parisino y dice ser esnob. Trabaja en el sector de la publicidad y se ha casado con Anne por amor, pero la pareja declina rápidamente, atrapada en la espiral de las obligaciones. Más tarde se da cuenta de que solo se ha casado para corresponder al modelo burgués que, en su opinión, es más restrictivo que nunca.

Para contrarrestar el aburrimiento, mantiene una relación

con otra mujer casada, Alice, a la que conoció durante el entierro de su abuela. Su mujer ata cabos cuando descubre su foto en la bolsa de su marido cuando están de viaje en Río. Tras esto, Anne le pide el divorcio y el narrador se rompe, profundamente conmovido por el sufrimiento de su mujer. Se pregunta por qué los divorcios son siempre solitarios, cuando las bodas juntan a tanta gente.

Para el autor, esta novela le permite hablar de sus historias de amor y ofrecer a sus lectores su perspectiva de este sentimiento. Para él, «es un combate perdido de antemano» (Beigbeder 2003, parte I, cap. 1) porque solo dura tres años, aun cuando hay un complot universal para hacernos creer que es eterno. A lo largo de estos tres años, la pareja pasa por tres periodos: el loco amor, la ternura y, finalmente, el desamor. Al menos es lo que ha aprendido con su primer matrimonio. Para él, el amor reposa en realidad sobre un aumento efímero de hormonas. Las estadísticas demuestran que la mayor parte de los divorcios ocurren a partir del cuarto año de matrimonio, tras el ciclo «Pasión-Ternura-Tedio» (Beigbeder 2003, parte I, cap. 5). Cree que las parejas se casan demasiado rápido: «Casarnos es como ir al McDonald's. Luego, hacemos zapping» (Beigbeder 2003, parte I, cap. 12). Además, reconoce el carácter polígamo de los hombres.

Desde entonces, se considera un hombre muerto: no encuentra la felicidad, vive como un sonámbulo y bebe demasiado alcohol. Su vida está hecha de excesos. Por ejemplo, celebra su divorcio recorriendo todas las discotecas parisinas —donde conoce a todo el mundo—, haciendo el amor con dos chicas por las que ha pagado y esnifando un poco de cocaína que encuentra en un bolsillo.

Confiesa también que le aburre la fase «ternura» del amor, solo le interesa la pasión. Está deprimido, toma medicamentos y se ahorca con una de sus corbatas inglesas, famosas por su resistencia. Pero lo despierta la señora de la limpieza, que quiere pasar el aspirador. Para el protagonista, que a uno le salgan mal los suicidios es señal de que se vuelve viejo.

LA AVENTURA CON ALICE

Alice, la nueva conquista de Marc Marronnier, sigue casada con Antoine y se niega a divorciarse. Aun así, se ha dejado seducir por el narrador que, con todo, la avisa al principio de la relación de que «el amor dura tres años».

Descubre junto a ella las alegrías del sexo. «No veo por qué sólo los viejos tienen derecho a ser libidinosos» (Beigbeder 2003, parte I, cap. 26), dice. Sin embargo, le apena comprobar que esta historia solo sustituye la que tenía con Anne, como si se tratara de vasos comunicantes. Se compara con el Sísifo de Camus (*El mito de Sísifo*, 1942), que fue condenado por toda la eternidad a subir por la cuesta de una montaña una roca que, desgraciadamente, siempre caía rodando antes de alcanzar la cumbre. Marc sueña que aparca su roca en el bulevar Saint-Germain, ya que ha tenido un accidente en la calle Bonaparte y que, además, la misma pesadilla se repite todas las noches.

Alice rompe con él durante un tiempo para intentar salvar

su matrimonio. Entonces, el narrador se da a la bebida y cita la catástrofe de Hiroshima (6 de agosto de 1945) para describir su estado de ánimo. Le escribe una multitud de cartas apasionadas, pero no recibe respuesta alguna. Su agencia de publicidad le encarga que idee un eslogan para el perfume *Hypnose* de David Copperfield (prestidigitador estadounidense) y, al cabo de varias semanas, termina por encontrarlo: «*Hypnose* de Copperfield. Si no, el amor dura tres años» (Beigbeder 2003, parte I, cap. 36).

Jean-Georges, uno de sus amigos que sabe de su divorcio y de su aventura, intenta consolarlo diciéndole que aunque el amor durase únicamente tres días, sería mucho más que suficiente y que, a continuación, solo hay que aprender a amar el aburrimiento.

Entonces, intenta reconciliarse con su exmujer e imagina una escena romántica que no tiene lugar, puesto que Anne le informa de que ya tiene sustituto. También se entera de que la pareja de Alice y Antoine no se ha consolidado. Así, el narrador le escribe una extensa carta a esta última en la que muestra fervorosamente todos los tópicos de la correspondencia amorosa. Observa que «[...] cuando estás enamorado siempre acabas creyéndote Albert Cohén [escritor suizo de lengua francesa]» (Beigbeder 2003, parte I, cap. 45). Alice vuelve a él y se instalan durante un tiempo en Roma, donde viven una pasión emocionante con la que ambos están ilusionados.

El tiempo pasa y se acerca el aniversario de sus tres años juntos: «Dentro de una semana hará tres años que vivo con Alice» (Beigbeder 2003, parte II, cap. 1). Este hecho lo tiene tan angustiado que incluso lleva una cuenta atrás: J-7, J-6, J-5, etc., mientras continúa escribiendo su historia. Al final, engaña a Alice con una camarera que se le parece, pero desea por encima de todo superar la cifra fatídica de los tres años. Espera que su desgracia pasada le haga apreciar la felicidad del día a día, y que el título de su libro no sea más que una mentira. Entonces, le pide matrimonio a Alice, pero esta rechaza la propuesta. Esto no les impide celebrar con alegría sus tres años de vida en común. «Miré mi reloj: eran las 23 horas, 59 minutos» (Beigbeder 2003, parte II, cap. 8), concluye el narrador.

ESTUDIO DE LOS PERSONAJES

EL NARRADOR

Es alto y moreno, tiene unos treinta años (edad espuria, para él), y se parece al autor. Es descendiente de hidalgüelos bearneses y trabaja para la prensa, pero sobre todo para la publicidad, en la que se gana más dinero. Se describe como «un vividor impenitente, un producto típico de nuestra sociedad de lujo inútil» (Beigbeder 2003, parte I, cap. 8). Reside en París y, sobre todo, vive de noche, frecuenta las discotecas, donde se codea con artistas en boga y modelos. Cuando se le presenta la ocasión, no rechaza el alcohol ni la cocaína.

Al principio de la novela, está casado con Anne, de la que se divorcia al cabo de tres años. A pesar de sus comentarios desencantados sobre el amor, se enamora perdidamente de Alice y, a partir de ahí, vive con miedo a que esta nueva relación se acabe tras el plazo de los tres años, fatídico según él.

ANNE

Es rubia y se parece a una «aristogata de porcelana» (Beigbeder 2003, parte I, cap. 11). Tiene una belleza luminosa y es demasiado bonita para ser feliz, según el narrador. El matrimonio que forman se entierra rápidamente en las obligaciones cotidianas y familiares. Ella le pide el divorcio cuando se entera de que su marido la engaña. Al principio, Anne sufre mucho con la situación, y después inicia una relación con un hombre mayor que ella.

ALICE

El narrador está loco por ella desde que la ve por primera vez: es alta, morena, «su rostro [es] de una pureza que desm[iente] su cuerpo sensual» (Beigbeder 2003, parte I, cap. 18). Está casada con Antoine y, durante mucho tiempo, se niega a dejarle por el autor, asustada por la fogosidad de este último. Pero aunque rechaza su propuesta de matrimonio, acaba por ceder y vive con él una pasión de tres años que, al final de la novela, no sabemos si continuará.

CLAVES DE LECTURA

LA NOVELA DE UNA ÉPOCA

Un relato fechado

El amor dura tres años refleja a la perfección el clima de nuestra época. Los acontecimientos se desarrollan en el marco de la sociedad de consumo en la que el narrador parece encontrarse muy cómodo. Trabaja en el sector publicitario, por lo que incluso tiene que alentar esa tendencia consumista. El mundo de Beigbeder es un mundo de objetos, en particular, de ropa, de la que a menudo se cita la marca.

La escritura del autor copia este aspecto dominante de la sociedad: las frases con cortas (como los capítulos) y, con frecuencia, tan lapidarias y contundentes como los eslóganes publicitarios que el autor tiene que inventarse. Los aforismos (frases cortas que formulan una verdad) acerca del amor a veces adoptan la forma de una publicidad: «El matrimonio es caviar en todas las comidas» (Beigbeder 2003, parte I, cap. 12). Además, algunas afirmaciones juegan con las palabras y con los sonidos, y este procedimiento es típico del discurso publicitario: «¿Y si el adulterio me hubiera convertido en adulto?» (Beigbeder 2003, parte I, cap. 10). La rapidez que caracteriza a esta época y que acompaña cada gesto, comportamiento y decisión queda plasmada, por otra parte, con el ritmo de las frases, a menudo muy rápido, y con la abundante puntuación. Para acabar, también el lenguaje de los personajes, vivo y espontáneo, refuerza el efecto de realidad. Además, el autor restituye su lado familiar, incluso crudo.

Los avances tecnológicos de la época también se erigen como elementos claves del relato. Así, cuando el narrador, que todavía está casado con Anne, quiere citarse con Alice, utiliza los dos últimos inventos de la empresa France Telecom: el Bi-Bop (primer teléfono móvil en Francia, 1991-1997) y el 3672 (servicio que permite que los usuarios dejen mensajes en contestadores) que, según el narrador, sustituyen con creces a la famosa tecla bis del teléfono, que tantos conflictos provocó en el pasado.

Para acabar, Frédéric Beigbeder toma el pulso a los comportamientos mentales de la época en la que vive. Así, no desaprovecha la ocasión de contarnos con humor la reacción de sus padres, que han crecido a la luz del psicoanálisis de los años setenta, cuando les anuncia su divorcio: «mis padres están convencidos de que tienen la culpa de todo. Están mucho más preocupados que yo» (Beigbeder 2003, parte I, cap. 34). Pero también sabe que esta sociedad en la que se mueve, que consume sin límites, es profundamente inmoral y se aparta sin pesar cuando está en pleno proceso de separación: «Adiós, falsos amigos del mundillo parisino [...]. Continuad sin mí vuestro lento proceso de putrefacción [...]. Ni siquiera los ricos son dignos de envidia. Son gordos, feos, vulgares, [...] van a la cárcel, sus hijos se drogan, [...] han olvidado que el dinero es un medio, no un fin» (Beigbeder 2003, parte I, cap. 33).

Un marco codificado

En el seno de esta sociedad de adinerados, el narrador

evoluciona como pez en el agua y frecuenta únicamente los lugares que están de moda en esa época, como si siguiese un camino señalizado. De hecho, el relato empieza con una enumeración de las discotecas en las que va a celebrar su divorcio: «Esta noche inicia su juerga número 5 bis y no hay tiempo que perder: cinco paradas de una tacada (Castel-Buddha-Bus-Cabaret-Queen)» (Beigbeder 2003, parte I, cap. 2), un periplo que tiene que hacer dos veces si quiere que se le tome en serio. El personaje concierta citas y se encuentra con sus amigos en los bares de los grandes hoteles, se muda con Alice a la calle Mazarine, frecuenta durante el verano la Voile Rouge, en Saint-Tropez, y el Palace Hotel de Gstaad en invierno. Cuando se lleva a Anne de viaje, van a Río, y en los lugares más elegantes de Roma (que visitan en Vespa) es donde acaba por conquistar a Alice: «[...] tomamos el primer avión hacia Roma, por supuesto, con varios recorridos, Hotel de Inglaterra, Piazza Navona, Fontana de Trevi [...]» (Beigbeder 2003, parte I, cap. 45). La novela acaba en Formentera, una isla de las Baleares, que el narrador presenta como un satélite de Ibiza.

UN PROTAGONISTA DESENCANTADO

Lo mismo que se adapta a estos «códigos geográficos», el personaje principal calca su manera de ser y su modo de vida de los códigos de conducta propios a su clase. Su alcoholismo mundano, su consumo de drogas ocasional y su práctica del intercambio de parejas, sus numerosas conquistas femeninas y su vida esencialmente noctámbula parecen impuestas por un modelo preestablecido. De hecho, todos sus amigos, que frecuentan los mismos lugares que él, actúan de la misma manera. Cita siempre de manera pertinente a grandes escritores o filósofos como Camus (1913-1960), Buzzati (1906-1972), Drieu la Rochelle (1893-1945) o Nietzsche (1844-1900), que proceden de su amplia cultura. Se desplaza en un *scooter* que conduce en estado de ebriedad. Incluso su depresión nerviosa parece teñida de complacencia, puesto que está claramente de moda estar deprimido. De hecho, nos narra con humor este diálogo que a menudo intercambia cuando se encuentra con un amigo: «—¡Hola! ¿Qué tal? ¿Cómo te va? —Mal, ¿y a ti? —Fatal. —Bien, pues entonces hasta pronto» (Beigbeder 2003, parte I, cap. 21).

Sin embargo, el protagonista toma conciencia de su modo de vida superficial, después de que la piedra de su divorcio haya venido a instalarse en el cómodo zapato de su existencia: «El divorcio es una pérdida de la virginidad mental» (Beigbeder 2003, parte I, cap. 10), comenta. Entonces, se define como «un muerto viviente de los barrios altos» (Beigbeder 2003, parte I, cap. 28) o como «una tranquila ostra que vive cómodo y herméticamente encerrad[a]» (Beigbeder 2003, parte I, cap. 20). Recalca la hipocresía de sus amigos, una actitud que conoce bien, puesto que él también la practica. El narrador es consciente de que, hasta ese momento, iba con el «piloto automático» (Beigbeder 2003, parte I, cap. 11) y, de repente, se despierta y ofrece al lector pasajes que son a menudo muy divertidos, llenos de cinismo, humor negro y en los que se ríe de sí mismo.

¿UN TRATADO SOBRE EL AMOR?

Una visión amarga del amor

El amor dura tres años nos ofrece de entrada un título pesimista que anuncia un punto de vista más bien negativo acerca de las relaciones amorosas. El narrador, que está realmente enamorado de su primera mujer, quiere creer en el amor para toda la vida, pero está obligado a constatar que el amor no dura.

Entonces, expone su teoría de manera científica: la fase pasional de este sentimiento, la única que le interesa realmente, es en realidad el resultado de un proceso hormonal, de una subida química de dopamina, de noradrenalina, de prolactina, etc., y esto es efímero. Entonces, se urde un complot social para hacernos creer que este sentimiento va a durar, y la institución del matrimonio ratifica aún más este malentendido. El propio narrador ha caído en la trampa, y eso que las estadísticas de divorcios son elocuentes y, al parecer, no se equivocan: él también acaba por separarse de su primera esposa cuando se enamora perdidamente de otra mujer, que le atrae más si cabe porque se le resiste. No habría que «descristalizar» jamás, dice evocando a Stendhal (escritor francés, 1783-1842), que así es como llama en *Del amor* (1822) a la primera fase de un encuentro en el que el otro está adornado con todos los encantos.

La comedia del romanticismo

Entonces, el narrador se vuelve cínico: el amor solo es una coartada para tener una vida sexual más plena. Sin embargo, quiere creer en el amor y las últimas páginas de la novela, que nos presentan una angustiante cuenta atrás, muestran claramente las ganas que el narrador tiene de que este estado de gracia se prolongue más allá de esos tres años fatídicos. Para seducir a Alice, utiliza la carta extensa tradicional y se deshace en estereotipos amorosos. Querría ser Maquiavelo (hombre político y escritor italiano, 1469-1527) y se comporta como un adolescente desconsolado. Está convencido de que detrás del cínico Valmont, personaje de *Las amistades peligrosas* (novela epistolar de Choderlos de Laclos, 1782), «hay un incorregible romántico que está pidiendo a gritos sacar su mandolina» (Beigbeder 2003, parte I, cap. 37). Marc Marronnier, que se debate entre el cinismo y el romanticismo, simboliza sin duda alguna la complejidad de las relaciones amorosas, entre amor-pasión y miedo a la rutina, entre «cristalización» y «descristalización».

PISTAS PARA LA REFLEXIÓN

ALGUNAS PREGUNTAS PARA PROFUNDIZAR EN SU REFLEXIÓN...

- ¿Qué piensa de la visión del amor que se expone en *El amor dura tres años*? ¿Ve alguna alternativa?
- ¿Qué aspectos pueden, efectivamente, permitirnos establecer una relación entre el protagonista y el personaje de Valmont, de *Las amistades peligrosas* de Choderlos de Laclos, al que, además, se hace referencia en el texto?
- ¿Por qué la novela de Frédéric Beigbeder puede ser considerada una novela sociológica?
- ¿Qué piensa del personaje principal? Elabore su descripción y exponga los rasgos de su personalidad que a usted le seduzcan o le desagraden. Justifique su punto de vista.
- ¿De qué manera el estilo de la novela refleja su contenido?
- Se presentan varios puntos de vista de la mujer en el relato. Elabore una descripción de los diferentes tipos femeninos (físicos y psicológicos) que están presentes en el texto. ¿A qué conclusión llega acerca de su papel en la novela y acerca de la representación de la mujer en general en la obra de Beigbeder?
- Analice la lista de escritores citados por el narrador. ¿Los menciona por casualidad? ¿Cree usted que tienen algún punto en común? En caso afirmativo, ¿cuál? ¿Qué función tienen en la narración?

PARA IR MÁS ALLÁ

EDICIÓN DE REFERENCIA

- Beigbeder, Frédéric. 2003. *El amor dura tres años.* Traducido por Sergi Pàmies. Barcelona: Anagrama. E-book en PDF.